Esclava Submisa i altres històries

Erika Sanders

Sèrie
Dominació i submissió eròtica

Sinopsi

Aquest llibre consta de les següents històries:
Esclava submisa
Augment de sou
Situació inesperada
Rebuda salvatge

Esclava Submisa és una història de fort contingut eròtic BDSM i, alhora, també pertanyent a la col·lecció Dominació Eròtica, una sèrie de novel·les d'alt contingut BDSM romàntic i eròtic.

(Tots els personatges tenen 18 anys o més)

Nota de l'escriptora:

Erika Sanders és una coneguda escriptora a nivell internacional, traduïda a més de vint idiomes, que signa els seus escrits més eròtics, allunyats de la seva prosa habitual, amb el nom de soltera.

Índex:

ESCLAVA SUBMISA I ALTRES HISTÒRIES
ERIKA SANDERS

ESCLAVA SUBMISA

L'esclava Susan va despertar amb una deliciosa urgència d'alletar el seu Mestre, però es va sentir consternada en descobrir que ja se n'havia anat.

Al coixí al seu costat, al seu lloc, hi havia una nota, una sola orquídia i una targeta de regal per al seu dia de spa preferit.

Ella va badallar i es va estirar, després va llegir amb entusiasme la nota.

"Vull que passis el dia en preparació per a Mi. No t'has de masturbar avui, ja que et donaré tot el que necessitis més tard. Estarem al ball de beneficència aquesta nit, i després, t'usaré en tots els sentits, fins que em saciegi ".

Susan sabia que la nota del seu Mestre deia molt més del que posava perquè ella coneixia el cor.

En tres breus oracions, ell li va informar que aquell dia i aquesta nit serien per al seu plaer i per a ell, que no hi havia cap part a la qual ell no empenyeria fins als seus límits, i que ella hauria de fer tot el necessari per aconseguir que fos tan plaent per a ell com fos possible.

A Susan li encantava complaure el seu Mestre i Ell sempre feia que tot entre ells fos perfecte.

La Susan es va aixecar del llit i es va enredar els cabells en un colofó mentre caminava cap al bany.

Penjant d'un pal de ganxo amarrat a la part posterior de la porta hi havia el vestit, les mitges i les sabates que El mestre Robert havia escollit perquè ella els hi posés.

No hi havia roba interior.

Susan va somriure, després es va rentar la cara, es va raspallar les dents i, abans de tornar a l'habitació, va obrir el calaix inferior del tocador, va treure les boles xineses i es va treure les calcetes tanga amb què havia dormit.

El Mestre havia dit que no n'hi havia part que Ell no faria servir.

Lentament, es va col·locar les boles xineses al seu lloc i instantàniament ja s'estava imaginant la magnífica polla del seu Mestre.

Es va posar els pantalons curts de mezclilla i la camisa groga amb botons que El maestro Robert portava la nit anterior.

A ella li agradava fer servir la roba.

Ella així podia olorar-lo en ella mateixa així.

Es va posar les sandàlies, va recollir la targeta de regal i es va posar ràpidament en camí.

* * *

Susan va arribar per descobrir que El mestre Robert ho havia organitzat tot amb les seves instruccions, com normalment feia.

Les dones al saló no li van dir res, sinó que van seguir simplement amb allò que estaven fent.

No se sentia incòmoda amb allò que el món percebia com una relació submisa, perquè el món no sabia res de l'amor que compartia amb el seu mestre Robert.

"Sí, som Mestre i esclava", va pensar mentre la manicurista treballava sobre els seus peus, "Però també som Esposo i Esposa, Robert i Susan, ànimes bessones!" No importava si la resta del món no ho entenia.

Simplement perquè no tenien idea del veritable amor que hi havia entre ells.

Amb la manicura i la pedicura completes, la van portar al bany de lavanda i vainilla.

Aquesta era la seva part favorita i El maestro Robert ho sabia.

Li resultava molt difícil no donar-se plaer quan se la deixava sola al bany perfumat, però sabia que el seu Mestre en voldria molt aquesta nit, així que va descansar sense tenir un orgasme al bany.

Finalment, el torn dels cabells, el van rentar i el van apilar seductorament sobre el cap, assegurant-ho amb el passador que Ell li havia comprat en la primera cita.

Ella va somriure alegrement pensant en el plaer que li donarà a Ell treure-li l'agulla dels cabells i veure'l caure sobre les espatlles.

Aquesta seria una nit per recordar.

De tornada a casa, es va posar el maquillatge.

Després hi havia les mitges altes de seda i els talons negres de tres polzades que l'havia comprada a Itàlia.

S'hi va aturar per mirar-se al mirall.

Alguna cosa faltava.

Va ser un breu pensament que ella va treure ràpidament de la seva ment.

Si ell hagués volgut més, ho hauria previst.

Es va treure les boles xineses que l'havien mantingut a la vora de l'orgasme durant tot el dia i després va lliscar el delicat vestit sobre el seu cap i va deixar que llisqués pel seu cos.

Estava satisfeta amb la manera com es veia al mirall i Robert també ho estaria.

Un toc del seu perfum favorit i ella ja estava a punt.

Va prendre l'orquídia que havia estat flotant en un bol d'aigua aquell matí i la va ficar al nus de cabell del clatell.

Quan ella va escoltar el seu cotxe en el camí d'entrada, els mugrons es van endurir i el seu cony va començar a palpitar.

Normalment, ella ho hauria esperat a la porta de genolls amb el coll inclinat, de manera que el seu cos quedés completament a la seva disposició.

Ella estava molt ansiós.

Ella es va afanyar al peu de les escales per esperar-ho.

Quan Ell va entrar, ella ja s'havia enrojolat d'emoció i va poder sentir que la seva aparença ho complaïa mentre es quedava mirant-la.

"Et veus deliciosa, esclava Susan".

"Gràcies, mestre Robert, estic molt feliç que estiguis satisfet".

"Sembla que has oblidat alguna cosa".

"He oblidat alguna cosa?"

Robert la va agafar pel canell i la va conduir escales amunt.

Al coixí on havia estat la nota i la flor, hi havia la seva colla.

Estava sorpresa de no haver-ho notat abans i va reconèixer a l'instant el seu error.

El mestre Robert havia disposat la colla feta a mà per a ella juntament amb la corbata corresponent per a ell.

La seva colla contenia la meitat d'un cor de vidre que encaixava perfectament amb l'altra meitat que duia.

Li havia lliurat el dia del casament.

Com se les havia arreglat per no adonar-se'n?

Els mugrons van començar a estirar-se i la seva vagina el bategava quan es va adonar de com era de greu l'error.

Robert es va descordar el cinturó.

"T'estimo, Susan, però no puc permetre una distracció com aquesta en la teva preparació per a Mi".

"Sí, el meu dolç posseïdor".

"Inclina't i agafa els teus turmells".

No necessitava que li diguessin que estengués les cames, ja que havia estat castigada així abans.

Al mestre Robert li agradava mirar el seu cony quan la fuetejava.

Va agafar el vestit sedós i el va lliscar lentament per les cames fins a la cintura ia causa de la seva posició, va continuar lliscant cap avall i al voltant dels seus pits cobrint una mica sobre el seu cap i cara.

Quina vista tan magnífica li va mostrar a ell, vestida tan elegantment però tan cruament posada.

Podia veure com estava d'emocionada per la manera com la humitat del seu cony brillava a la llum.

Va retirar el cinturó que sostenia a la mà pensant-ho millor.

Seria una nit llarga.

Es va girar i va caminar al costat del llit i, buscant al calaix de la seva tauleta de nit, traient un fuet de cuir que hi havia utilitzat sovint.

Tenia una nansa llarga i, des de l'extrem, penjaven nou tires fines de cuir suau i flexible.

Era ben utilitzat i apreciat.

Hi va tornar lentament, gaudint de la bella imatge que ella havia creat i observant els canvis que s'hi produïen.

Estava respirant pesadament i tenia dificultats per quedar-se quieta.

"Ahhh, la meva esclava Susan, gaudiré de tu aquesta nit!"

I amb això, va connectar tres ràpides fuetades cap al seu cul que la va fer cridar de dolor i plaer.

Va retrocedir i va observar la velocitat amb què començaven a aparèixer les franges vermelles al darrere.

"Merda!" Va pensar per a si mateix! "Com em contindré aquesta nit?"

I amb aquell pensament va arribar a l'instant la solució.

Ell la tindria ara mateix abans de la sessió de la nit, només una vegada per treure's les ganes.

Es va obrir bruscament els seus pantalons, va treure la seva ja rígida polla i la va empènyer profundament al cony, no per plaer, sinó per lubricar-la.

El que més desitjava en aquell moment era vermell, atapeït, brillant i estava llest per a ell.

Va retirar la seva polla del chorreante cony de l'esclava Susan per a consternació d'ella i el va empènyer profundament al seu esperant cul.

El crit de "SÍ!" dels llavis d'ella va alimentar el seu foc i ell va copejar amb bogeria els seus malucs aixecats.

Sostenint-la amb força, Ell no es va aturar fins que va estar llest per explotar.

Va escoltar la seva pròpia respiració entretallada i gemegant mentre sortia i venia un munt de sedós semen per tot el seu envermellit cul.

Quan va tornar a si mateix, es va adonar que estava fregant el seu esperma calent al tendre i desitjat cul de la seva esclava Susan mentre ella li agraïa una vegada i una altra.

"Usaré el meu esmòquing negre aquesta nit, Susan", i amb això ell se'n va anar a la dutxa mentre l'esclava Susan es posava la seva gola per després anar a l'armari a buscar el seu esmòquing.

Ella era molt minuciosa, i va verificar dues vegades que tot allò que Ell necessitava ho estava esperant quan va sortir de la dutxa.

Ella va col·locar cada objecte al llit mentre pensava en la manera com l'acabava d'usar, en la meravellosa forma en què les seves boles copejaven el clítoris mentre ell devastava el darrere.

Estava tan perduda en els seus pensaments que no el va escoltar darrere seu fins que Ell la va besar suaument al coll.

"No vull castigar-te, Susan, però oh! Quina exquisida estàs quan ho faig".

"Gràcies, Mestre Robert".

* * *

A la interlocutòria, El maestro Robert va lliscar la bata per les cames i va separar les cuixes.

Ell va tocar el seu cony que encara degotava, però li va prohibir que es corregués.

L'esclava Susan es va recargolar al seu seient i es va alegrar de veure el Saló en tan poc temps, ja que estava segura que no hauria pogut aguantar gaire més.

Ell va posar els dits a la boca perquè ella els netegés amb la llengua i els llavis mentre desbotonava amb l'altra mà els tres botons diminuts a la part superior del cosset.

"Deixa-t'ho així", li va dir, i després la va besar amb tendresa als llavis, abans de dir-li que esperés que ell obrís la porta.

A l'interior del Saló, es va veure obligada a abandonar el seu costat amb freqüència, però sempre n'estava a la vista.

L'esclava Susan va conversar cortesament amb els altres assistents, però com de costum, es va dirigir als llocs més tranquils i es va quedar sola.

El mestre Robert tenia una gran demanda d'atenció i ella admirava la manera com es manejava a si mateix en aquestes situacions, tan galant, tan maco.

Quan se li va demanar que ballés, se'l va mirar a Ell a la recerca d'orientació.

S'entenia entre ells que hi havia ocasions en què era necessària l'acceptació educada, però ella sempre esperava l'assentiment d'Ell abans d'acceptar i gairebé sempre podia comptar amb Ell per interrompre allò que estigués fent.

Aquesta nit, però, va esperar el seu Mestre Robert, rebutjant les ofertes fins i tot quan ell ho aprovava.

Després de la tercera negativa, s'hi va dirigir a través de l'habitació.

"Estàs bé, amor meu?"

"Sí."

"Per què no estàs ballant?"

"Perquè, només vull ballar amb tu aquesta nit".

"Aleshores, Susan, tindràs el teu desig".

Ell va lliscar la mà al voltant de la cintura i la va recolzar suaument a l'esquena per portar-la a la pista de ball.

Sostenint-la de prop, va ballar amb ella.

Mirant-la com si fos l'única dona al món, Ell va turmentar la seva pell amb els Seus ulls i la va persuadir fins a la vora de la felicitat amb murmuris de com la faria servir més tard.

"M'emportes a casa?" Ella li va xiuxiuejar.

La va agafar de la mà i la va conduir entre la multitud.

A la interlocutòria, es van besar apassionadament i l'esclava Susan va xiuxiuejar li el desig del seu cor.

"Necessito el meu Mestre Robert".

Robert li va respondre desembotonant els seus pantalons i permetent-li que l'alletés de camí cap a casa.

* * *

En el camí d'entrada, després d'apagar la interlocutòria, Ell la va deixar quedar-s'hi gaudint de la manera famolenca que ella estava devorant Sa Polla.

Va fer que s'aturés només el temps suficient per lliscar el seu vestit sobre el seu cap i llençar-lo al seient del darrere.

Després va col·locar el seient cap enrere i li va treure l'agulla dels cabells, deixant-lo caure sobre les espatlles.

Ell estimava els cabells negres, la manera com queia sobre el rostre i les espatlles i la manera com omplia els punys quan el va agafar.

Robert la va observar durant molt de temps, meravellant-se de la manera com adorava la seva polla, xuclant-la com si fos el seu propi suport.

Quan les seves ganes de córrer-se van ser majors que La seva restricció, Ell va enterrar Les seves mans en el seu cabell i va forçar La seva polla introduint profundament la seva gola.

Ell entrava i sortia a la boca i gola amb una profunda necessitat que ella amenaçava de devorar-se-la.

L'esclava Susan tremolava a les mans, i es va adonar que el seu propi alliberament en provocaria la.

Una última empenta profunda a la gola i Ell va explotar en èxtasi.

Cada raig de llet calenta sacsejava el cos amb un espasme igual al seu.

Eren amo i esclava i, no obstant, eren un.

Un cos ...

Un bell espasme de llet.

Un amor!

* * *

L'esclava Susan va obrir els ulls quan El maestro Robert va obrir la porta.

Li va estirar la mà i la va ajudar a sortir del cotxe.

Ella estava dreta davant seu a la llum de la lluna, el vestida fins a les cuixes i les sabates de seda i la gola que contenia la meitat d'un cor de vidre.

La llum de la lluna i els estels ballaven sobre la seva pell i Ell va respirar profundament en veure-la.

"Vine el meu amor, la nostra nit acaba de començar".

La va portar a l'interior ia l'habitació, on va obrir les portes del balcó per deixar entrar la brisa de l'oceà.

Ell va prendre la seva colla i la va reemplaçar amb el seu collaret, després la guio al llit on la va vendre.

"Recuesta't. Vull sentir el teu cos sotmetre's a Mi" ell va xiuxiuejar.

Ella va fer el que li va demanar i després va esperar la seva propera ordre.

Com que no en va arribar cap, ella va intentar calmar la seva respiració, va intentar escoltar-lo a l'habitació.

On podria ser Ell?

Què està fent?

La seva ment es va accelerar, anticipant els seus plans per a ella.

Ella va esperar el que va semblar una eternitat, pensant que ho podia sentir respirar, però mai molt segura.

Quan, finalment, va pensar que un flagell per la desobediència era millor que esperar un segon més, va aconseguir la bena, però en lloc de deixar que ella es fiqués en problemes, ell li va dir: "Tòca't per a mi".

Tres paraules, tres paraules diminutes, hi van encendre un foc que mai abans havia sentit.

A l'instant, les seves mans estaven sobre el cos, una sobre el pit i una altra entre les cames.

En segons, ella estava retorçant-se a l'orgasme, amb les cames obertes, genolls estirats, els dits follant el seu cony amb fúria per córrer, la seva esquena es va arquejar fins que només el seu cul i la part posterior del seu cap tocaven el llit.

"Sí! Robert! Oh, el meu mestre Robert! Sí! Sí! Sí!"

Ella no estava completament a baix de la seva alçada després d'escoltar-lo de nou:

"Una altra vegada. Fes-ho una altra vegada".

Ella va rodar sobre el seu estómac i va posar els seus genolls sota el seu cos empenyent el seu cul a l'aire perquè Ell ho veiés.

Ella va enterrar els seus dits dins del seu cony tan profundament com va poder i una vegada més es va masturbar per a l'entreteniment del seu Mestre.

Quan va arribar, va durar molt més que la primera.

Va aconseguir el seu lloc màgic una vegada i una altra fins que, finalment, corrent i corrent per l'interior de les cuixes, va començar a pregar-li per misericòrdia.

Tornant-se sobre la seva esquena, ella va cridar:

"Robert! Oh, Robert! Si us plau! Si us plau! Si us plau, folla'm ara!"

No va mostrar pietat quan la va agafar i la va fer rodar bruscament sobre el seu estómac.

Ella va reconèixer el fuet en el moment en què va fer contacte amb la pell.

"¡Gràcies, Mestre! Gràcies per la seva generositat. Gràcies per permetre'm córrer-me. Gràcies per estimar-me prou per castigar-me quan no li mostro el respecte adequat".

Cada cop va rebre la gratitud que ella hauria d'haver expressat quan Ell li va permetre que es corregués.

Ja no es va poder contenir més!

Ell la va muntar com estava ella, de cap per avall i humida de necessitat.

Ell va lliscar dins d'ella tan fàcilment que va pensar que la destrossaria.

Va agafar dues mans plenes dels cabells i la va bombar febrilment.

Ella encara li estava agraint quan va sentir el membre profundament a dins.

La va llançar i la va recargolar dins i ella es va retorçar sota Ell, esperant que Ell li donés el que necessitava.

Ell la va agafar a través del seu orgasme, mai disminuint la velocitat o detenint-se fins que finalment Ell també estava corrent, profundament al seu ventre.

Ella jeia sota d'Ell, munyint la seva polla amb el seu cony i xiuxiuejant una vegada i una altra, "Gràcies, gràcies, el meu dolç posseïdor", mentre el seu Mestre Robert murmurava lloances fascinants a la seva oïda.

La constant estrebada del seu cony a La seva polla el mantenia dret i aviat Els seus propis malucs s'estaven movent de nou.

Estimava la manera com els seus desitjos i necessitats coincidien amb els seus.

S'entregava a Ell tan completament que mai no hi va haver un moment en què qualsevol dels dos se saciés abans que les necessitats de l'altre s'haguessin satisfet.

Al principi, el seu cos de vegades sentia dolors a la seva llarga i gruixuda polla i el seu fort reclam abans que estigués plenament satisfet, però ara el seu cos, el seu ventre, la seva mateixa ànima encaixaven contra ell com un guant i el dolor del seu amor era només aparent l'endemà.

Ella era seva en tots els sentits i estava tan contenta com ell.

Robert estava fascinat per la rapidesa amb què estava llest per a ella una altra vegada.

Va lliscar les mans pels braços i prenent-les pels canells.

Les va sostenir juntes sobre el seu cap mentre ell ficava la mà al calaix de la tauleta de nit i recuperava els punys.

Després d'unir els canells, va treure la polla del seu cony afamat per anar a l'armari per una corda.

Va lligar la corda als canells per fer-la servir com una corretja.

Encara amb els ulls embenats, ella respirava amb dificultat i ell sabia que estava necessitada.

Va arribar de nou al calaix i va treure un anell de boca.

"Obre la boca, esclava Susan".

Ella va fer allò que Ell li va demanar sense qüestionar, perquè tots dos sabien el significat de la seva relació.

Ell va col·locar la junta tòrica a la boca i la va cordar fermament al voltant del seu cap.

Després, la va agafar del llit i la va posar sobre els genolls.

El que havia de seguir no era un càstig, sinó per plaer i l'esclava Susan havia après ràpidament que hi havia una diferència.

Sostenint-la pels cabells, El mestre Robert va empènyer la seva polla a través de la mordassa ia la gola de l'esclava Susan.

La va mantenir allà fins que ella va començar a donar-li arcades i després la va treure.

Ell va empènyer de nou i la va sostenir, però al cap de pocs segons ella estava amb arcades una altra vegada.

La va treure i va esperar.

Quan la seva respiració es va estabilitzar, Ell la va empènyer de nou.

Aquesta vegada ella va ser capaç de sostenir-ho sense arcades.

Ell no la va bombar, ni tan sols es va moure, però va deixar la seva polla a la gola fins que ella va començar a recargolar-se.

Quan els seus recargolaments es van convertir en lluita, va treure la seva polla i li va acariciar els cabells.

"Aquesta és la meva nena!" Va dir amb orgull. "Aquesta és la meva dolça nena".

Aquestes paraules tendres van fer que els mugrons de l'esclava Susan es dibuixessin amb força i el seu cony s'humitegés de necessitat.

El mestre Robert estava entrenant la seva odalisca perquè prengués tota la seva polla sense arcades.

Era una qüestió de paciència i pràctica, però ella estava millorant cada cop més.

Hi va haver moments en què ella mai no es va ennuegar i quan això va passar, la va recompensar bé.

El mestre Robert va moure la corda de plom al seu collaret i la va fer tornar al llit.

"Em vols esclava Susan?"

Sí, la seva resposta va ser amb un picar de cap.

"Em necessites esclava Susan?"

Sí de nou.

"Veurem si és així?"

Robert va lligar la corda a la capçalera i va fer que l'altre extrem formés una soga que ell va lliscar sobre el seu cap i al voltant de la gola.

Després es va disposar a la tasca de mesurar la necessitat de la seva esclava Susan.

Entre les cames, Ell va lliscar a una posició per portar el seu clítoris palpitant a la boca.

Ell la va xuclar gentilment, de la mateixa manera que ella ho fa a ell quan se la xucla.

Els malucs de l'esclava Susan van començar a rodar i empènyer.

Incapaç de parlar amb l'anell de la boca, ella simplement panteixava i gemegava.

Quan va estar molt a prop de córrer-se, ell va retrocedir, obligant-la a lliscar cap a Ell i, en conseqüència, prement el seu coll a la corda.

El mestre Robert la va fer sentir exquisida.

Ell la va llepar lentament des de la part inferior fins al seu clítoris i després va dibuixar cercles mandrosos al voltant del seu clítoris amb la seva llengua.

El que li va fer a ella va ser embogidor i, tanmateix, molt meravellós, fins que Ell va retrocedir de nou.

L'esclava Susan va lliscar cap avall per obtenir la pressió que necessitava de la seva llengua sobre el seu clítoris.

Oh, si ella pogués córrer ara mateix!

Ara que la corda estava atapeïda i ja no hi havia folgança, El mestre Robert es va aixecar i va enterrar la seva dura polla al cony que degotava de l'esclava Susan.

Ell va empènyer les cames cap enrere i la va fotre profundament, colpejant contra el lloc que li donava tant plaer, mossegant-li els pits que li pertanyien a Ell i xuclant els mugrons cada vegada més fort, però quan va començar a agitar-se i gemegar sota Ell, va tornar a retrocedir, donant-li només el cap de gland i res més.

"NO!" va pensar ella.

La bena dels ulls, l'anell de la boca, ella no podia veure ni parlar per demanar-li clemència o dir-li la necessitat, així que va ficar els talons al llit i es va obligar a baixar més del llit cap a Sa polla que tant estimava.

Ella no podia respirar ara i la tensió de la corda tenia el cap inclinat cap amunt i cap a un costat, però l'havia de tenir.

Ella ho havia de sentir profundament dins.

Estava tan a prop!

Ella no podia parar ara.

El mestre Robert va somriure encantat.

Ella tindria allò que tan desesperadament necessitava o moriria, i això, era Ell.

Ella ho volia més que l'aire que respirava i això era suficient per a ell.

Aleshores, es va estendre completament damunt d'ella, i va començar a empènyer-la profunda i fort contra ella, xuclant-se les espatlles i mossegant-se la mandíbula.

Quan va sentir que les seves cames s'embolicaven al seu voltant i el seu cos començava a tremolar, va agafar la corda i va tirar tots dos al llit, deixant que l'aire tornés a la boca oberta.

Veure-la panteixar i plorar i sentir que el seu cony s'estrenyia i es contreia a la seva polla era més del que podia suportar.

Ell va saltar i va prendre la seva polla a la mà.

El va bombar amb fúria fins que finalment es va córrer, disparant ràfega darrere l'altra esperma a través de l'anell ia la boca de l'esclava Susan.

"Oh si!" Va pensar ella la primera vegada que ho provava amb la llengua: "SÍ! El seu cos, que encara no s'havia recuperat completament del seu Mestre, ara estava ple de plaer novament.

Una vegada i una altra, com onades a la riba, va venir per Ell.

Era la seva ànima bessona en tots els sentits, i junts van aconseguir alçades de pur èxtasi.

El Mestre Robert es va treure la bena i va continuar bombant la seva dura i erecta polla.

Quan els ulls de Jennifer es van ajustar a la llum, va poder veure el seu Mestre omplint la boca amb el Seu semen.

Després li va treure la mordassa i li va permetre assaborir el regal mentre continuava per alliberar-li les mans i treure-li les mitges, les sabates i, finalment, el collaret.

El mestre Robert la va agafar als braços i la va abraçar amb força.

Ell va xiuxiuejar el seu nom i li va dir que ella era seva i que ell l'estimava sense que res no es contingués.

Ella es va quedar tremolant als braços i Ell la va acostar encara més, assegurant-li que ella era atresorada i protegida.

Quan el seu cos cansat va cessar de tremolar, es va adormir tranquil·lament a la dolça abraçada del seu Mestre.

* * *

Ella es va despertar quan Ell la va aixecar i la va portar a la banyera.

Ell va entrar amb ella i la va bressolar als braços mentre s'enfonsaven a l'aigua calenta i vaporosa.

Va ser magnífic i va somriure en recordar quant havien gaudit a la banyera feta a mà durant tant de temps.

El mestre Robert la va banyar tan suaument com si fos un nadó nounat.

Ell va rentar els cabells i va prestar especial atenció al seu sensible cony i cul.

Ell li va fregar el coll i les espatlles amb les mans ensabonades, arrossegant-les per la seva esquena i fins al darrere que va pastar com si fos massa.

El bany d'esclaus era un ritual en què insistia, cosa que el feia molt més significatiu per a ella.

Era bell i ella estava tan feliç que no va poder contenir les llàgrimes mentre Ell no va poder notar la diferència entre les llàgrimes i les gotes daigua.

Quan la va assecar i li va pentinar els cabells, va retirar la coberta del llit i es van arrossegar entre els llençols freds sense haver dit cap paraula.

No hi havia res a dir que els cossos no s'haguessin dit entre ells.

Igual que la seva rutina nocturna, Robert el va llegir mentre ella traçava el cos amb la punta dels dits.

I amb el permís ja atorgat, ella el va alletar fins que es va desviar cap a un món de somnis fet realitat.

AUGMENT DE SOU

29

Anita va trucar a la porta com si no volgués trencar-la.

Això no tenia sentit, ja que ella era l'única persona que quedava a la botiga de dones.

Ella i la persona a l'altra banda de la porta, això és.

"Endavant", va sonar la veu d'aquella persona.

Anita va obrir la porta i va entrar, tancant-la darrere seu.

El clic del pany quan el va pressionar amb el pom de la porta li va semblar ensordidor a la tranquil·la oficina.

Eric Galvez va aixecar la vista de la paperassa sobre el seu escriptori.

Va mirar Anita, una morena i bonica empleada mexicana que vestia l'uniforma estil escolar de la botiga, una camisa blanca botonada i una faldilla curta a quadres, sostenint una bossa de dones.

Tenia un cos impecable i un cabell bru gruixut i en capes que no arribava a les espatlles.

"Hola, Anita", va dir Eric.

El gerent de la botiga, casat amb dos fills i als seus quaranta, va deixar la ploma i va somriure.

"Hola. Ho sento si vaig interrompre alguna cosa", va dir ella tímidament.

"És clar que no", li va assegurar Eric. "Pren seient".

La petita oficina del gerent consistia en un sofà, dues cadires, un escriptori i arxivadors.

Eric va veure Anita caminar cap a ell, la seva faldilla movent-se d'una banda a l'altra.

Va seure a la cadira davant de l'escriptori d'Eric, va creuar les llargues cames i va deixar que la faldilla li arribés fins a les cuixes.

Va col·locar la bossa a terra al seu costat.

"Què passa?", li va preguntar el gerent.

Anita va dubtar, va respirar fondo i va passar lentament els dits d'una mà sobre la cama superior, des de la part inferior de la falda fins al genoll.

"Estic pensant a mudar-me de l'habitació rendida a un departament", va dir.

Ella era una estudiant de tercer any en una universitat local, treballant en diverses feines en llocs les hores dels quals no interferien amb les seves classes.

"Genial", va dir Eric amb entusiasme, després es va aturar. "I necessites més diners? Un augment?".

Anita el va mirar tímidament, abans que una mirada més seriosa aparegués a la cara.

"No puc creure quant demanen per rendir. I el pagament inicial és...", va començar a dir.

"Ho sé", va interrompre Eric.

Ell la va mirar per un moment.

Ella havia treballat per a ell durant gairebé un any, demanant un augment en una altra ocasió.

En aquest cas, ella havia fet servir el seu cos per "influir" en la seva decisió.

En realitat, ell havia desitjat una altra sol·licitud des d'aleshores.

L'Eric va mirar la bossa de dona al seu costat.

"T'emportaràs unes dones a casa?", va preguntar.

Els ulls d'Anita es van posar a la bossa i van tornar al seu cap.

"No. És per a tu... per a nosaltres", va respondre ella.

L'Eric ja no necessitava més explicacions.

També havia portat una bossa la darrera vegada.

I aquesta vegada ell sabia què fer.

Es va posar dreta i va envoltar l'escriptori, movent-se darrere la cadira d'Anita.

Ella va observar el seu cos atlètic fins que va desaparèixer darrere seu.

Un calfred li va recórrer l?esquena per l?anticipació.

"Llavors, em vas portar una rosquilla", va dir Eric suaument. "I t'agradaria compartir".

Anita va assentir en silenci.

L'Eric va mirar la noia, amb la camisa descordada a la part superior i les cames bronzejades estenent-se per sota de la seva faldilla acampanada.

Les seves mans es van aferrar nerviosament als extrems dels braços a la cadira.

L'Eric va posar la mà sobre els cabells de la noia i li va passar els dits pel coll.

Va sentir la pell càlida sota el coll de la camisa, després va moure la mà cap a la part davantera del coll abans d'acostar-se al botó superior.

En un moviment àgil, li va descordar el botó; seguit pel següent.

La part superior dels seus pits va aparèixer a la vista, tancats en un prim sostenidor blau.

Els seus dits van lliscar sobre la suau pell del seu si esquerre, i després van tornar al següent botó.

Usant les dues mans, envoltant-li el coll i va obrir cada botó fins arribar a la part superior de la faldilla.

L'Eric va treure la camisa de la faldilla i va obrir l'últim botó.

La camisa d'Anita es va obrir prou perquè Eric veiés la major part de cada si des de dalt.

Els va veure aixecar-se i caure mentre ella respirava agitada.

Un ganxo central entre els pits mantenia el seu suport unit.

Això no era casualitat, va pensar Eric per a si mateix.

Ell es va ajupir i va descordar el sostenidor, deixant que les dues meitats descansessin lliurement als extrems dels seus pits.

Anita va continuar asseguda immòbil, mirant les mans d'Eric o de front.

Ella sabia que les coses estaven a punt de canviar ràpidament.

Eric va posar les mans sobre la part superior dels pits i els va deixar caure fins que els dits li van treure el sostenidor.

Va fer fora els morens pits nus a les mans, sostenint-los suaument per un moment.

Finalment, va posar els mugrons d'Anita entre els polzes i els índexs i els va pessigar tendrament.

La noia va sospirar audiblement.

Eric va sentir que la seva polla s'enduriva dins dels límits dels seus pantalons mentre manipulava els mugrons.

Aquests es van endurir sota el seu toc i Anita va sentir una excitada punxada viatjar a través del seu estómac fins al conyet.

L'Eric va embolicar les mans al voltant dels pits, però amb prou feines els va poder omplir.

Els va aixecar i va observar com s'acomodaven als palmells.

Va rodejar la cadira i es va aturar entre l'escriptori i l'Anita, mirant-la breument.

"Alça't i treu-te la camisa", li va dir amb veu tranquil·la.

Anita va encreuar les cames i es va aturar a pocs centímetres del seu cap.

Va aixecar la camisa sobre les espatlles i la va deixar caure sobre la cadira.

Sense aturar-se, ella va fer el mateix amb la seva sustentació.

Eric va posar les mans a la part exterior de les cuixes d'Anita i va aixecar les mans fins que van desaparèixer sota la seva petita faldilla.

Anita va sentir que les mans s'alçaven sobre l'exterior de les calces i sobre el darrere.

Aleshores Eric va moure les mans cap a la seva cintura i va agafar la tira de les calces.

Lentament, ell les va baixar, agenollant-se quan van passar pels seus genolls i sobre els seus peus.

Va col·locar les calces negres a la cadira i li va treure les sabates.

Després d'aixecar-se, va mirar la faldilla i va dir:

"Treu-te-la".

Anita va descordar la faldilla i la va deixar caure a terra, sortint i picant-la de banda.

Eric admirava la seva cintura petita, els malucs i cuixes plenes,

les cames llargues i els peus petits.

Els seus ulls van tornar al seu cony i al petit i prim floc de cabell fosc sobre el clítoris.

Anita es va sentir extraordinàriament sexy en aquell moment, la humitat entre les cames augmentava per segons.

Volia l'home davant seu nu i ella sabia que era inevitable.

"Treu-me la roba", ell li va dir.

Va haver de frenar deliberadament els seus moviments per no revelar el seu desig.

No obstant, Anita no va trigar a posar la camisa a l'Eric sobre el seu cap, revelant una part superior del cos ben construïda, sinó massa musculosa.

Ella va mirar cap avall i va descordar el cinturó, amb els ulls d'Eric alternant entre els pits i les mans.

Ella li va descordar els pantalons i els va baixar fins que van caure sols sobre els panxells.

Anita es va agenollar i li va treure les sabates i els mitjons abans de treure-li els pantalons i llençar-los de banda.

Va mirar cap endavant a l'embalum cada vegada més gran als seus boxers, després va agafar la pretina i en va tirar cap avall.

L'enorme polla d'Eric estava només semi erecta, però Anita va sentir una onada d'emoció fluir-hi mentre li treia els boxers.

Ella es va aixecar i es va enfrontar al seu cap.

Per alleugeriment d'Anita, ell va fer el primer moviment en abraçar-la i atreure-la cap a ell.

La va besar apassionadament, pressionant la seva polla contra el seu cos i movent les seves mans cap al darrere.

Eric va prémer les galtes suaus quan les seves llengües es van trobar entre els seus llavis.

Anita va sentir que estrenyia el seu cony contra el seu cos, sense estar segura de si estava més decidida a satisfer-se a si mateixa oa l'Eric.

El seu petó va continuar mentre ella envoltava una mà al voltant de la seva polla, sentint-la palpitar.

La polla començava a apuntar cap amunt i la noia bombava la mà repetidament cap amunt i cap avall del membre.

Quan va acabar el petó, Eric va mirar Anita i va dir:

" La meva dona no em fa això. Ho fas de meravella".

"Gràcies, m'alegro t'agradi", va somriure.

"Tinc gana" Va dir Eric.

"Jo també".

Es van moure cap al sofà.

L'Eric va agafar la bossa de dones al camí.

Va trobar temps per veure com el petit i rodó del darrere d'Anita rebotava amb els seus passos abans de ficar-se al llit al sofà, amb el cap sobre un coixí petit en un extrem.

L'Eric va ficar la mà dins la bossa i va treure una rosquilla i un petit ganivet de plàstic.

"Ah, farcits de crema de vainilla. Els meus favorits", va dir. "T'agradaria compartir?"

"M'encantaria", va respondre Anita.

Eric es va agenollar i va col·locar la rosquilla coberta de xocolata a l'estómac pla de la noia, tallant-la acuradament per la meitat amb el ganivet.

Un calfred va recórrer el cos d'Anita quan el ganivet gairebé no va fregar la pell.

Eric la va veure contraure's quan la fulla del ganivet va reaparèixer des de l'interior de la rosquilla gruixuda, després va col·locar el ganivet i la meitat de la rosquilla sobre la bossa a terra.

Ell va aixecar la rosquilla del seu ventre i va girar el centre ple de crema cap a ella.

Metòdicament, la va baixar fins que el mugró del seu si dret va estar directament sota la crema.

Amb un cop llarg i suau, va portar una capa de crema de vainilla sobre l'extrem del si.

Anita va tancar els ulls quan el fred farcit va cobrir el mugró i la pell circumdant, enviant ones a través del seu cos cap al seu estómac i el seu cony.

Eric va moure la dona lleugerament cap a un costat i va repetir el procés, afegint una segona cinta de crema adjacent a la primera.

Finalment, va capgirar la rosquilla i va fregar la coberta de xocolata sobre la punta del mugró rígid.

Eric va col·locar la dona a la bossa i va mirar Anita.

Estava observant atentament, anticipant el seu proper moviment i pregant-li en silenci que la devorés.

Eric va moure el cap sobre el seu pit i va passar la llengua pel mugró, assaborint la xocolata dolça.

Anita gairebé va gemegar en veu alta, però es va contenir i va observar com la llengua del seu cap allargava el seu camí per incloure una polzada per sobre i per sota del mugró.

Va empassar una vegada abans de tornar al si, aquesta vegada obrint molt la boca i col·locant la major part del si rodó i ple de la noia com fos possible.

La seva llengua va raspar el mugró diverses vegades abans que els seus llavis es tanquessin al voltant de la carn rosada i la xuclen.

Aquesta vegada, Anita no es va poder contenir.

"Oh, Déu", va xiuxiuejar.

L'Eric va aixecar el cap i es va llepar la crema dels llavis.

Quan la seva boca va aterrar una vegada més al si d'Anita, la mà estava empenyent el si cap amunt i va llepar amb gana la resta de la crema de vainilla de la seva pell.

Sempre tornava al mugró.

Anita va arquejar l'esquena, empenyent el pit més alt.

Va sentir que la humitat entre les cames augmentava amb cada pas de la seva llengua sobre el mugró i estava segura que ell podria fer-la córrer si la mantenia així.

Va estirar la mà cap a la dona novament, aquesta vegada estenent el farciment blanc i la xocolata sobre el seu pit esquerre en major quantitat.

La crema cobria gairebé dos terços del pit, deixant l'Eric amb una dona mitjana gairebé buida a la mà.

Després de tornar a col·locar la rosquilla a la bossa, es va inclinar sobre el cos d'Anita i va procedir a exposar meticulosament el seu si una lamida alhora.

La noia va moure la mà cap a la part superior del cap d'Eric i la va pressionar amb més força contra el pit.

Mentrestant, la seva mà es va moure des del maluc fins a les cames, acariciant momentàniament el clítoris enterrat sota un floc de cabell castany fosc acuradament tallat.

"Oh, Jesús", va dir en veu baixa. "Això se sent tan bé".

Amb només una petita quantitat de crema de vainilla al pit, l'Eric va pujar al sofà, col·locant les cames entre les seves.

La seva polla estava completament erecta ara, apuntant cap amunt en un angle agut.

Es va inclinar cap endavant i va col·locar la polla sobre el pit cobert de crema, movent-lo d'una banda a l'altra fins que tingués una petita capa del farcit blanc.

Anita va fer servir la seva mà per dirigir la polla a les àrees amb més crema.

Aviat, era blanca des del cap rosat fins a la base.

Anita va veure com l'Eric lliscava cap endavant i portava la polla als seus llavis.

Ansiosament, va obrir la boca i va acceptar el regal.

El sabor ensucrat de la crema gairebé la va fer oblidar l'amor que sentia pel gust d'una polla calenta i dura.

La seva llengua treballava tots els costats del membre mentre l'Eric la lliscava dins i fora de la seva boca, fent-li gemegar de plaer.

" Ummmm , Anita. Xucla'm Llámeme así", va dir Eric. "Sí, sí. Com això."

La noia va trigar uns minuts a treure la darrera crema de la polla; xuclant, llepant i empassant tan ràpid com va poder.

Quan va acabar, l'Eric estava més dur del que havia estat abans i era a prop del clímax.

"Folla'm, Eric", va exclamar Anita en veu alta. "T'estimo en mi. Si us plau."

Quan el seu cap va baixar del sofà, Anita va obrir les cames i va aixecar els genolls.

Quan va tenir la seva polla a l'entrada del seu cony, la seva mà estava en posició llesta per guiar-lo cap a ella.

Fins i tot ella estava sorpresa de com estava de preparada per a ell.

Tan bon punt el cap del penis inflat va trobar l'obertura, l'Eric va poder baixar fins que les cuixes es van trobar en un suau copet.

"Déu sí. Fixeu-me —va dir Anita.

Eric no va trigar a complir les seves demandes.

Ell la va aixecar pel cul i va començar a lliscar la seva polla dins i fora, sentint que ella contreia la seva vagina periòdicament.

Anita va aixecar les cames i suaument les va embolicar al voltant de la cintura d'Eric, permetent aixecar-la encara més.

Els pits d'Anita es balancejaven rítmicament.

Pescava els mugrons ocasionalment, enviant el que semblaven corrents elèctrics directament al seu cony.

Mentrestant, Eric es va reposicionar perquè una mà lliure pogués fer massatges al seu clítoris.

Va trobar la protuberància inflada fàcilment i la va fregar.

El cap de la noia va començar a balancejar-se d'una banda a l'altra i murmurant:

«Fotre. Merda. Si aquí. Aquí!"

Eric li va fregar més fort i va sentir que el seu cos es tensava.

Les cames el van estrènyer amb força i ella va cridar: "Ahhhh. Oh, Déu. Ara."

El seu orgasme va començar amb un altre gemec ofegat i els seus malucs es van sacsejar cap amunt per trobar les seves empentes cap avall.

Durant almenys trenta segons, Eric la va penetrar una vegada i una altra, mentre ella gemegava i cridava que la follés.

Eric volia que la sensació del seu atapeït cony al voltant de la seva polla i el seu cos recargolant-se sota d'ell durés per sempre.

Ell es va aferrar al seu darrere mentre ella lentament va començar a acomodar-se al sofà.

Ara capaç de concentrar-se en el seu propi cos, l'Eric va sentir que la primera onada d'esperma s'aixecava de les boles.

Anita va sentir l'orgasme que s'hi aproximava i el va instar a seguir.

"Això és. Anem Corre't al meu cony".

La polla d'Eric va explotar en una inundació d'esperma que Anita va sentir omplint les entranyes.

El fluid càlid va sortir disparat en diversos raigs, cadascun acompanyat d'un gemec fort.

Eric va agafar Anita per la part inferior de les espatlles i va estrènyer el cos contra el seu.

Quan va estar a punt d'acabar i es va quedar quiet amb la seva polla profundament dins d'ella, Anita va estrènyer el seu cony amb força.

"Ahhh, fotre. Atura't" va murmurar Eric, gairebé sense alè i mig rient.

Es va sacsejar per última vegada i va caure d'ella, flàcid i totalment esgotat.

Ell jeia als braços, el cap sobre el pit i les cames encara embolicades al voltant de la cintura.

"Tot el que has de fer és demanar-ho quan vulguis", va dir Eric suaument, el dit traçant el contorn del mugró.

"És que avui tenia gana", va dir ella.

SITUACIÓ INESPERADA

41

CAPÍTOL I

"T'estaré esperant a l'habitació, posa't una mica revelador", li havia dit John.

El tractaven com si fos menjar per emportar, va pensar la Gina quan va acabar la trucada.

I així és com se sentia ara, mentre s'aplicava el maquillatge al mirall del tocador: ulls enfosquits , llavis vermells en forma de cor, i prou maquillatge a la cara per no fer-la semblar una figura d'un museu de cera.

Quelcom més que desitgi a la seva comanda, afecte?

Satisfeta amb la seva feina, va caminar descalça per la catifa del dormitori, només vestida amb el sostenidor i les calces, i va obrir l'armari.

D'un prestatge per sobre d'on era la roba va treure una petita caixa amb diners i se la va emportar al llit.

Quan ella la va obrir, van caure sobre els llençols de seda molts bitllets de deu i de vint.

La Gina va comptar quatre de vint i va guardar els altres dins de la caixa.

Va tornar a col·locar la caixa a l'armari, va ficar els diners a la bossa i va començar a vestir-se.

John vivia a l'altra banda de la ciutat en una luxosa casa unifamiliar de cinc dormitoris a prop del canal.

Li portaria deu minuts conduir-hi, depenent del trànsit de la tarda.

Ell era un client relativament nou d'ella que havia atès sis vegades fins ara.

Ella ho odiava.

Era arrogant, rude i completament pervertit.

Era d'ascendència italiana: color de pell olivaci, un nas gran i ple de gruixut cabell negre tot ell.

A John li encantava menjar i la Gina pensava que semblava una barreja entre un gàngster dels anys quaranta-un porc panxut.

Ell s'havia jactat dels vincles que tenia amb l'inframón criminal, però la Gina no estava segura de quant del que deia era veritat.

Ella pensava que ell només estava intentant impressionar-la.

Ella no podia entendre per què els homes es pensaven que això era atractiu per a les noies.

Gina odiava la violència i apagava una pel·lícula al primer senyal de sang o violència.

Però John definitivament estava en algun tipus de negocis poc fiables.

Ella havia vist armes a casa seva.

Havia sentit trucades telefòniques acalorades durant la seva relació sexual que John es va negar a ignorar.

Parlant de diners i drogues.

Ella va trobar homes avorribles com John: cobejosos, egoistes, deshonestos i corruptes.

No obstant, ella necessitava massa els diners.

La vida de la Gina era plena de deutes.

Un curs universitari d'humanitats, el mini Fiat, que conduïa a la feina de secretària cada dia, comprar roba, vacances a Eivissa i un préstec que havia tret per moblar el departament.

Ella estava nedant en deutes, però les companyies de préstecs no n'havien negat mai cap.

I era per això que havia estat treballant com a acompanyant privada durant l'últim any.

Privada era la paraula clau.

No tenia publicitat en línia, massa temorosa que la família o els amics descobrissin el seu sòrdid secret.

Si no que ella depenia del boca a boca i dels seus clients habituals, tipus com John.

El primer home que li va pagar per tenir relacions sexuals amb ella es deia Peter.

El va conèixer en un lloc de cites després de la seva ruptura amb Adams, però va saber instantàniament que no era per a ella.

No era el fet que tenia uns quaranta i era quinze anys més gran que ella.

En realitat, aquesta era la raó per la qual ho havia conegut en primer lloc, pensant que un home gran podria donar-li allò que Adams, un noi de vint-i-quatre anys, no havia pogut.

Compromís, seguretat, noves experiències sexuals potser.

Ella simplement no sentia cap connexió amb Peter, i ho va saber en una hora després de la seva primera cita, el sopar per a dos en un restaurant indi a la part més agradable de la ciutat.

Ella es va acomiadar i li va agrair un deliciós menjar, pensant que seria l'última vegada que el veuria.

Però Peter estava més interessat en ella del que havia pensat inicialment.

Ell la va contactar dos dies després amb una oferta per pagar-lo per sexe.

La Gina es va sorprendre al principi, fins i tot es va sentir ofesa.

Amb el seu bronzejat profund, cabell ros tenyit i la seva inclinació per la roba reveladora, sabia que feia una certa impressió atractiva.

Però això no la convertiria en una guineu, ni en algú que obrís les cames davant el primer senyal de problemes financers.

Ella certament havia conegut noies que sí que ho farien.

Però Peter semblava ser un paio tan agradable, i com més Gina pensava en el seu deute, va començar a preguntar-se que quin mal havia d'acceptar l'oferta. Hi hauria un benefici mutu.

Peter la posseiria i ella obtindria els diners que necessitava desesperadament.

Si ningú no acaba ferit, realment, quin era el problema?

Gina era una ingènua, però.

Mai va preveure com d'addictiva podia ser el sexe pagat, ni com de miserable i barata la faria sentir.

Per empitjorar les coses, Peter no era el cavaller que ella primer havia pensat que era.

Aviat es va córrer la veu que ella era bona en els seus serveis i només podia haver estat això perquè ell ho difongués directament.

Les ofertes de tota mena, a través del lloc de cites en què havia conegut Peter, van omplir la seva bústia.

No podia creure quants homes grans calia buscar dones més joves per tenir relacions sexuals, i quants estaven disposats a pagar per això.

Havia estat molt lucratiu per a ella i aviat va aprendre que podia guanyar més diners si estava disposada a ampliar els seus límits una mica més.

Els homes pagaven més per coses com anal, dominació, pluja daurada i diversos tipus de jocs de rol.

Gina havia invertit en uniformes de col·legiala, llenceria sexy i fuets. Havia menjat tot el que li van suggerir, i es va ficar tota mena d'objectes dins d'ella i fins i tot havia fingit alletar un home de cinquanta anys vestit amb un bolquer.

Per descomptat, John, amb els seus diners, havia gaudit de tots els serveis disponibles.

Des de prostitutes de classe alta fins a estrelles porno i fins i tot models de pàgina tres.

Era una obsessió que ratllava a l'addicció.

Semblava que totes les noies joves i belles estaven disposades a vendre els seus atributs mentre encara els tinguessin desitjables.

Era tràgic.

Aleshores, no va ser una sorpresa, que després d'assabentar-se per un amic, John contactés amb Gina.

I aquesta nit seria la seva cinquena vegada junts.

La Gina va mirar el rellotge i es va arreglar la roba al mirall del passadís. "Tot haurà acabat en un any, nena", s'ha recordat a si mateixa.

'Pots fer-ho.'

Després va agafar les claus i va sortir per la porta.

CAPÍTOL II

Deu minuts després, es va aturar a Midesting Road.

Eren poc més de dos quarts de deu i una festa a la piscina en una de les altres cases estava en ple apogeu.

Va conduir a través de les portes de ferro forjat de la casa de John i va estacionar el Fiat al camí.

La lluna brillava al sostre del Mercedes platejat de John mentre sentia el so dels seus talons cruixir per la grava i anava cap al lateral de la casa.

John li havia dit que entrés per l'entrada del darrere.

Aquesta nit jugaran un joc de rol.

Ell estarà ficat al llit al llit i ella entrarà, com una lladre, i sorprendre'l.

A John li encantava barrejar les coses.

Ella mai no havia conegut un home tan sexualment imaginatiu.

Es va aturar a mig camí pel costat de la casa i va mirar cap amunt i cap avall pel carreró.

Estava segura que ningú no la veuria allà, però volia assegurar-se pels dubtes.

Es va baixar les calces, lliscant-les pels talons, i després es va arreglar la faldilla.

Ella va ficar les calces dins la seva bossa.

Encaix vermell, el favorit de John.

Després va trontollar sobre els talons pel camí i va obrir la porta que donava al jardí del darrere.

Una paperera metàl·lica va ressonar quan accidentalment la va picar amb la punta del seu taló esmolat.

'Estúpida!' Es va amonestar a si mateixa.

La llum de la cuina estava encesa i la porta del pati que donava cap a ella estava entreoberta.

John deu haver-la deixat oberta per a ella.

La Gina es va tirar els cabells cap enrere, va continuar amb la seva sensual caminada i va entrar a la casa.

Va percebre olor de cremat en entrar a la cuina i va tancar la porta.

Probablement era una de les cigarretes que a John li agradava fumar.

Ell era un gàngster tan fumador.

La casa estava silenciosa.

John ha d'estar esperant-la al llit com li havia dit.

Gina va caminar a través del menjador moblat de forma molt conscienciosa, tots els mobles moderns i de fusta amb un to de color vermell fosc, i va sortir al passadís.

Ella va mirar cap a l'escala de cargol.

"John", va dir burlonament. 'Estàs llest o no?'

Els seus talons van ressonar als esglaons polits mentre pujava les escales.

Quan va girar cap al passadís, va veure la porta del dormitori de John oberta.

La llum estava encesa, però encara no feia cap soroll.

Aleshores va sentir un cruixit.

'John?'

El bastard gros probablement estava assegut al seu tron al bany en suite.

La Gina es va allisar els cabells, va baixar l'escot i va entrar a l'habitació.

Tot va semblar aturar-se en aquell moment.

Tot el cos de la Gina es va congelar.

Ajagut al llit, completament nu i mirant al sostre, hi havia en John, amb un bassal de sang amarant els llençols al seu voltant i amb la gola tallada.

La Gina va deixar anar un crit.

Una figura fosca va sortir de darrere de la porta i la va agafar, passant-li un braç al voltant del coll i posant-li la mà a la boca .

'No facis cap soroll oa tu també et tallaré el teu', va dir.

La Gina va sentir la punta freda i esmolada d'un ganivet al coll.

'Qui ets?' ella va gemegar.

'Algú a qui no t'agradaria fotre'

L'home li va estrènyer el coll amb més força amb el seu musculós avantbraç.

'Què estàs fent aquí?'

'Vaig venir a veure John'.

'Per què?'

'Ell em va demanar que ho fes'.

'Per què?' va exigir l'home.

'Només per veure'l'.

Ell va aixafar la tràquea de Gina amb el seu braç, fent que s'ennuegés.

'Per què?' va cridar.

'Per tenir sexe', Gina se les va arreglar per balbucejar.

Ella va començar a tossir quan l'home va alleujar la pressió al voltant del coll.

'Ets una prostituta?' ell va dir.

'No!'

'Llavors què?'

'Una acompanyant'.

"És el mateix", va dir l'home.

La Gina no va dir res, massa temorosa que l'home li pogués trencar el coll o apunyalar-la si el contrariava.

"Sembla que tenim un problema", va dir.

Es va girar cap al cos sense vida de John, mantenint Gina fermament subjecta entre el braç i el pit.

La Gina va sentir que es posaria malalta en veure tanta sang.

"Ara ets testimoni d'un assassinat".

'Si us plau', va suplicar Gina.

'No ho diré a ningú. Només deixa'm anar'.

CAPÍTOL III

De l'home va sorgir un riure sinistre.

'Segur entens que no serà tan fàcil com això'.

La por es va disparar a través del cos de la Gina.

Va sentir com una orina càlida començava a degotejar per l'interior de les cames.

Ella no volia morir aquesta nit.

L'home la va agafar del braç amb la mà enguantada en cuir i la va portar al bany.

Ell va tancar la porta darrere seu i es va girar per mirar-la.

La Gina va retrocedir a un racó quan va veure el seu rostre.

No havia esperat que fos una de les cares més belles que mai havia vist, però va ser la profunda cicatriu que corria per un costat de la seva galta el que més la va sorprendre.

I el seu cos semblava fet per matar, amb unes espatlles de campió de boxa i que podria trencar un coll per la meitat.

Ell era un monstre.

La va mirar de dalt a baix amb uns durs ulls blaus.

'Qui sap que ets aquí?'

'Ningú! Si us plau, em pots deixar anar i escapar. T'asseguro que no diré a la policia".

S'hi va acostar en un pas lent i depredador.

'És massa tard per a això. Ja has vist la meva cara".

'Prometo que no ho explicaré. Si us plau, ni em preocupes tu ni John, només vull anar a casa. No vull morir". Gina va esclatar en llàgrimes.

L'home va posar una mà enguantada sobre la seva espatlla nu i es va acostar amenaçadorament a la cara.

La Gina va sentir que l'aire càlid del nas li fregava les galtes.

'Ja, ja, ja', va roncar. 'Per què arruïnar aquesta cara bonica?'

Va passar un llarg dit per la galta solcada de llàgrimes de Gina.

Tot el cos de la Gina es va convertir en gel quan va sentir el toc.

Hi havia una cosa extremadament conflictiva sobre l'atracció que sentia pel cos d'aquest home i la por que sentia en ser immobilitzada contra la paret per algú que sabia que podia matar-la fàcilment.

Ell es va inclinar més de prop i va passar la seva aspra llengua per la cara, fent que ella sentís com un calfred recorria a través de la seva pell.

Ella no esperava què vindria després.

La mà enguantada de l'home va lliscar sota la faldilla, mentre els seus dits llargs temptejaven els llavis exposats.

'Nena travessa', va dir davant el seu inesperat descobriment.

'Si us plau ... oh'

L'home s'havia tret el guant i un dit llarg i carnós era ara dins seu.

Va trobar el clítoris de Gina sense problemes i el va fer massatges, creant una calor que va començar a estendre's dins d'ella.

Va passar la llengua pels ferms contorns del coll de Gina alhora.

La Gina es va girar i va veure el seu reflex al mirall sobre l'aigüera.

I va veure també aquesta alta i estranya bèstia que s'enfonsa al coll com un vampir, amb la fulla del ganivet a la mà lliure llambrejant per la llum de l'halogen com una advertència.

Ella no es va atrevir a moure's per temor que ell usés la seva punta esmolada contra ella.

L'home es va apartar i va recórrer el cos amb la mirada.

Hi havia una profunda excitació en ells com si ell pogués veure el seu cos nu a través de la roba.

Ell va lliscar la seva bossa de la seva espatlla i la va deixar caure a terra, mentre un tub de llapis de llavis i unes calces vermelles s'escampaven sobre les rajoles.

Ell va agafar un dels seus pits a través de la seva armilla ajustada a la pell i ho va prémer suaument, després va passar el dit pel mugró quan es va posar ferm.

Ella era massilla a les mans.

'Què faràs amb mi?' Va preguntar ella.

'Ja que estem sols i tenim el lloc llest només per a nosaltres, et donaré el que aquest tipus d'aquí mai t'haurà donat'.

Oh, Déu, va pensar la Gina. Això no.

Sentint la por, l'home va somriure.

'No et preocupis. Quan m'experimentis al teu cony estaràs contenta que l'altre estigui mort.

L'home tenia raó sobre que estaven sols.

Sense veïns a prop, qualsevol crit dajuda donaria resultats infructuosos.

Si... si ella accedia, feia el que va dir l'home, podria sortir viva de la casa.

Amb totes les altres probabilitats apilades en contra d'ella, quina altra opció tenia ella a part de fer el millor joc de rol de la seva vida?

Així que va prendre una decisió.

Ella anava a fer la millor actuació de la seva vida.

I si fracassava, ella tenia un pla de suport.

"Treu-te això", va grunyir l'home, apuntant amb el cap cap a la seva armilla.

La Gina va fer el que ell va dir.

Quan l'armilla va lliscar sobre el seu cap, ella va sacsejar els cabells i li va clavar els ulls al cos.

" Vull que tu també et despullis", va dir.

L'home va deixar escapar un riure burleta.

'No em diràs què fer. I no sóc tan estúpid com sembla que creus. Tira-la cap avall.' Ell va assenyalar amb el cap cap a la falda de Gina.

Ella es va desbotonar la faldilla i la va deixar caure per les cames, després la va picar cap a ell amb el seu taló.

Ella era allà davant d'ell en talons i sostenidors, i amb afaitats llavis vaginals exposats a l'aire fresc del bany.

Va aixecar els ulls blaus envoltats de rímel a la mirada penetrant del seu captor.

" Que dolça i bella", va dir, aspirant aire a través de les seves fosses nasals. 'Dóna't la volta.'

La Gina es va girar i va mirar cap a la paret de rajoles.

A través del reflex del mirall, ella va observar com l'home s'inclinava i acariciava l'entrecuix mentre estudiava el darrere.

El gran bony que va veure que sobresortia als seus pantalons li va fer saber que estava ben dotat.

Ell va fer que s'hi inclinés cap endavant, la va agafar pels malucs i va portar la seva entrecuix cap a ella.

L'embalum dur i gros ara li estava pressionat l'esquerda de les natges.

La seva mà nua li va tocar el cul i la va empènyer cap endavant, amb el ganivet encara fermament agafat a l'altre.

La Gina el va observar mentre el col·locava al taulell al costat del lavabo i començava a desbotonar-se els pantalons.

Ella va mirar el ganivet, lluitant contra l'impuls d'agafar-lo.

Però ella sabia que no podia ser tan estúpida; amb la mida, l'home dominaria el seu petit cos de metre i mig en segons. Tot i així, va ser temptador... molt temptador.

Els seus pantalons negres van caure al pis revelant un parell de boxers també negres sobre unes enormes i musculoses cuixes.

La seva erecció s'alçava cap a la vora, inflada i enorme.

La Gina es va empassar el panteix que gairebé es va escapar de la boca.

Com es podria ficar tot això?

La gran polla estava tensa contra la tela estreta dels calçotets, ansiosa per sortir.

Quan l'home se'ls va baixar, el gran cap morat va caure sobre les galtes de la Gina.

El gruixut i molt venós membre tenia almenys vint-i-cinc centímetres de llarg.

L'assassí era un Adonis sexual.

Ell li va agafar el maluc amb la mà que encara tenia enguantada i va agafar la verga amb l'altra, guiant-la cap als llavis vaginals de la Gina.

Quan va sentir el càlid i suau pollastre entre els seus llavis, Gina panteixà.

I quan se la va ficar a l'interior, els genolls gairebé es van doblegar.

El penis es va introduir a una profunditat audaç, palpitant amb excitació dins la seva vagina humida i calenta.

Va colpejar una àrea dins de Gina que mai havia estat penetrada abans, i el seu clítoris traïdor va començar a bombar amb excitació, la humitat es va anar acumulant als seus llavis i parets per acomodar aquesta nova i excitant arribada.

L'home va començar a empènyer, els seus forts malucs van poder forçar la duresa de les parets internes de Gina a una velocitat extraordinària.

Es va sentir increïble.

Ella es va agafar a la vora del taulell del lavabo mentre ell continuava penetrant els seus llavis vaginals humits, les seves boles colpejant-se contra ella.

Es va treure l'altre guant i amb les seves grans i sorprenentment suaus mans van recórrer la seva espina dorsal i li van obrir el sostenidor.

Aquest va caure a terra de rajoles, alliberant els seus pits.

Ara ja només portava posats els talons quan l'enorme bèstia la copejava des del darrere.

Gina va sentir que ell es retirava, el seu cony obtenint un instant d'alleujament momentani.

Però no va passar gaire temps abans que el seu penis estigués dins seu una altra vegada, però aquesta vegada cap al seu cul.

L'enorme polla de l'assassí va penetrar els plecs plens de l'anus de Gina, enviant un dolor agut cap a ella que la va travessar.

Per un moment, va pensar que no seria capaç de suportar el dolor, amb els músculs estrets per expulsar aquest objecte estrany, però després es van relaxar quan el dolor va començar a convertir-se en plaer.

La Gina havia rebut sexe anal abans, però no d'un fal·lus tan gran com aquest.

El plaer que la envaïa ara no era comparable a res que hagués sentit abans.

S'havia de recordar a si mateixa on era.

A la casa de John sent follada per un home que acabava de matar-lo.

El cadàver mort, i ja una mica fred, de John jeia a uns metres de distància a l'altra habitació com una horrible efígie del seu jo anterior.

La Gina sabia que mai no seria capaç d'esborrar aquesta imatge de la seva memòria, sense importar quant ho hauria menyspreat.

I esborraria l'odi que sentia cap a ell si amb això pogués tornar viu i la pogués ajudar ara.

Però hi ha alguna cosa estranya en el que passa quan t'enfrontes a una amenaça de mort i la Gina ho estava experimentat per primera vegada en aquest bany on ara estava captiva.

Un instint pren el control, tan primari que ja no ho sents com un instint animal.

I saps que faràs qualsevol cosa per sobreviure.

CAPÍTOL IV

L'home va colpejar el seu cul amb envestides furioses, la saliva es vessava fora de la boca, el seu atractiu rostre envermellit i excitat.

Els sons baixos i guturals que estava fent li van avisar la Gina que estava per córrer.

Ella va agafar la vora del taulell amb força.

Les puntes dels seus dits es van tornar blanques mentre se sostenia.

'Joder,' l'home va gemegar.

' Em correré'.

I ho va fer, i un pesat sospir va sortir la boca, va tancar els ulls i va arquejar el cap enrere ...

I la Gina va aprofitar la seva oportunitat.

Va deixar anar el taulell i va agafar el ganivet.

Amb un escombrat cec i contundent del braç el va enfonsar al coll del seu abusador.

Ella va saltar i va pressionar la seva esquena contra la paret, les rajoles fredes contra la seva esquena amarada de suor.

Amb els ulls molt oberts per la por i la preocupació, la Gina va veure que l'home estava aturat en una postura estàtica, ofegant-se mentre els seus grans ulls la miraven.

El ganivet sobresortia del seu coll gruixut i brillant, i la sang vermell fosc es filtrava pel coll del seu abric negre.

La seva polla estava encara alçada, amb un rastre brillant d'esperma penjant de la punta.

Els seus ulls atordits van romandre fixos als de Gina quan la seva boca es va obrir i la sang es va vessar sobre el seu llavi inferior.

Se les va arreglar per gorgotejar la paraula 'Perra' abans de col·lapsar cap enrere i estavellar-se contra la porta.

La Gina el va mirar per un moment, el pit pujant i baixant, abans de deixar escapar un riure embogit. El seu pla havia funcionat.

Primera vegada. Ella ho havia vist pel mirall tancar els ulls mentre ejaculava, així que es va delectar amb el fet que havia fet l'atac molt més fàcil.

Ella va agafar la roba i ràpidament es va vestir, aquesta vegada tornant-se a posar les calces.

Va agafar la bossa i va picar de mans el seu atacant amb la punta esmolada del seu taló. Aleshores ella va escopir a la cara.

'Això és per dir-me puta, fill de gossa!'

Va empènyer el cos enrere per poder obrir la porta.

La part posterior del seu crani va colpejar la catifa amb un soroll sord quan va obrir la porta.

Ella va caminar de puntetes sobre el cos xopat de sang i va entrar al dormitori.

Ella va mirar el cos de John al llit.

Sang al pis.

Sang al llit.

La mort on sigui que mirés.

Era massa.

La Gina va sortir corrents de l'habitació i va baixar per l'escala de cargol tan ràpid com els talons podien portar-la, amb triangles carmesí tacant el terra al seu pas.

Al peu de l'escala es va aturar, es va eixugar les llàgrimes i en va controlar els pensaments.

Aquest estil de vida ho havia arruïnat tot per a ella.

L'havia fet miserable i cínica amb els homes.

Havia reorganitzat la moral.

I aquest bastard mort i gros era un dels pitjors amb les seves maneres corruptes i fantasies sòrdides.

Era un model a la societat, però va estendre i va infectar amb les seves maneres corruptes tot el que tocava.

Incloent-la a ella.

Li havia convertit en una cosa que ella no era.

I ara l'havia convertit en una assassina.

Ella havia matat en defensa pròpia i la merda que jeia en un toll de la seva pròpia sang es mereixia tot el que li havia passat.

Però ella sabia que mai no oblidaria.

Com l'havia maltractat com si no fos res més que una bruta puta, i com el seu cos l'havia traïda responent amb plaer al contacte de les seves brutes i assassines mans.

Quantes vides d'altres joves deuen haver arruïnat aquests dos?

I quant seguien patint aquestes noies?

Jo ja no patiré més, va pensar la Gina.

Va pujar corrents les escales i va entrar al dormitori.

La visió dels dos cadàvers morts la va fer que li entressin ganes de vomitar, però es va empassar les nàusees amb un cop de colze i es va acostar al llit.

La cara de John era una màscara d'horror, la boca negra i oberta com un peix, els ulls congelats pel terror.

La Gina va desviar la mirada i va buscar el braçalet d'or al voltant del seu rabassut canell.

Hi havia un reliquiari rectangular prim que unia la cadena.

Ella ho va obrir i va llegir el número que estava endins: 47689.

Repetint el número al cap com un mantra, ella va tancar el reliquiari i va ficar la mà dins la seva bossa.

Va treure un mocador i va netejar les empremtes dactilars del guarda-pèl.

Va dirigir a John una última mirada desdenyosa abans de tornar-se i córrer escales avall.

Va córrer pel passadís fins que va arribar a l'estudi de John i va obrir la porta.

Va examinar l'habitació fins que els seus ulls es van posar al que havia vingut a buscar.

La caixa forta de John.

Havia presumit sobre el seu contingut en una de les visites de la Gina i ella havia exigit saber què hi havia a dins.

"Belles joies", havia dit amb un somriure arrogant.

"Val més que tota aquesta casa".

Després va colpejar la cadena al canell i es va endur el dit als llavis. "Shh".

La Gina va caminar cap a la caixa forta a la paret i va marcar la combinació.

La caixa forta va fer clic indicant que es podia obrir.

Ella va obrir la porta d'acer i va mirar a dins.

Sobre un munt de sobres marrons hi havia un joier vermell vellutat.

La Gina va sentir un nus a l'estómac.

Ella el va obrir per trobar- se amb el collaret de diamants més increïble que havia vist, amb les seves pedres bellament elaborades brillant amb efecte cinemàtic.

"Val més que aquesta casa sencera", va xiuxiuejar a si mateixa.

Prou per liquidar tots els seus deutes i una mica més.

Amb el cor bategant dins del pit, va tancar la tapa i va guardar el joier dins la bossa.

Després ella va tancar la caixa forta i va fregar el mocador les seves possibles empremtes.

Va sortir precipitadament de l'estudi i va baixar pel passadís cap a la porta principal, comprovant que els seus talons no havien deixat cap empremta incriminatòria seva a les seves taules brillants.

Seves no.

Ella va obrir la porta de la casa.

L'aire fresc i suau va colpejar les galtes mentre ella s'endinsava a la nit i la càrrega de la presència a la casa se'n va anar instantàniament de les espatlles.

Lliure per fi, ella va córrer pel camí de grava i va saltar dins del seu automòbil, llançant la seva bossa al seient del passatger.

Ella va deixar caure el cap sobre el volant i va deixar escapar un crit greu i gutural.

Exhaust i esgotada, va buscar dins la seva bossa i va treure el telèfon.

Ella va marcar el 911.

"Policia, si us plau, acabo de matar un home".

REBUDA SALVATGE

67

La Susan estava al llit al sofà pensant en la seva parella.

Ella l'estimava amb tot el cor i el somni era que ell li fes tot el que volgués amb els jocs previs.

Llamar-la i xuclar-la fins que valgués la pena morir pel seu nivell d'èxtasi.

Després follar-la amb el sexe més poderós que la creació.

Era una nit tan avorrida.

Susan estava estirada al sofà en sustentació i calces roses de seda veient una pel·lícula.

Però Susan estava pensant en el seu xicot, el seu bell cos, ulls verds i cabell castany fosc.

La llengua de Susan va treure el cap pels seus llavis mentre pensava en ell, la luxúria omplia la seva ment i cos.

Just en aquell moment, Susan va escoltar la porta obrir-se, finalment ell era aquí.

Emocionada i humida, va saltar i va córrer cap a la porta.

Allí estava parat amb els seus texans i una samarreta blanca.

Va entrar a l'habitació notant els bells i agitats pits de Susan, ja que gairebé queien del sostenidor per la seva emoció.

Agafant-la per la cintura, va atreure Susan cap a ell i la va besar profundament.

"Estic tan fotudament divertida", va xiuxiuejar Susan amb la seva càlida i humida boca. "Folla'm ara".

No necessitant una segona invitació, va empènyer la Susan cap a la taula de la cuina.

Es va treure la samarreta i va apagar els llums enfosquint l'habitació.

Susan jeia sobre la taula, els mugrons ara treien el cap a través del seu sustentació blanc i es formava una taca humida a les calces a joc.

S'hi va acostar, formant un bony als seus jeans.

S'inclina sobre Susan besant suaument el seu ventre, llepant-ho tot.

Susan panteix de plaer i les seves mans agafen el cap per acostar-lo.

Ell va continuar llepant i besant el seu ventre, de tant en tant baixant cap al seu cony, encara cobert per les calceta , per bufar aire calent sobre ella.

Ell agafa la roba interior amb les dents, tirant-los cap avall en un moviment ràpid.

Les llança sobre la taula i ensuma els pubis.

Susan comença a gemegar ia respirar pesadament.

Enterrant el seu rostre al seu cony mullat, ell aixeca la mà per treure-li el sostenidor.

Els pits turgents de Susan es vessen sobre les seves suaus mans.

Va llepar suaument l'esquerda de Susan una vegada més abans d'acostar-se a la nevera.

En obrir-lo, va treure un bol de maduixes. En va prendre dues, col·locant-ne una al ventre de Susan i l'altra entre els pits.

Va llepar la maduixa al seu melic, menjant-se-la després.

Ell va continuar llepant el seu cos de baix a dalt i finalment va passar a la següent maduixa.

Llepant l'escot de Susan, ell mou la maduixa cap amunt i cap avall entre els pits.

Susan gemega davant la sensació inusual.

Continua movent la maduixa cada cop més avall pel cos de Susan, fins que va arribar al seu cony empenyent la maduixa amb la seva llengua.

Susan va panteixar i ell va poder veure que el seu cony es contreia amb la maduixa coberta amb els seus sucs.

Va empènyer la maduixa més endins del seu cony.

La va cobrir amb la boca xuclant suaument fins que la maduixa va estar novament a la boca; ara coberta amb sucs del conyet de Susan.

Sorprenent la maduixa, se la va menjar i es va moure per capgirar la Susan sobre el seu estómac.

Amb el seu darrere a l'aire, el va acariciar.

Va colpejar suaument a Susan al cul, abans de capbussar-se cap al seu darrere i llepar-lo, deixant xumets per tot el darrere.

A prop hi havia un pot de mel, va ficar el dit i el va untar sobre els llavis de Susan.

Després va ficar la llengua profundament dins d'ella fent que Susan gemegara.

Ell va xarrupar la seva llengua profundament en el seu cony.

Gimant en veu alta, Susan va dir:

"Folla'm ara".

Es va treure els texans, amb la polla a punt d'esclatar.

Ara nu, la seva polla sobresurt gran i forta.

Ell va agafar Susan, passant les mans sobre les cuixes internes col·locant la seva polla just a la seva entrada.

Ell va fregar el seu cap contra la seva humitat; suaument, va separar els llavis i va lliscar el cap del seu membre suaument.

Un gemec va escapar dels llavis de Susan quan va sentir la punta del seu membre entrar-hi.

Susan va gemegar més fort, mentre lliscava la resta de la seva enorme polla dura al seu cony.

Mentre tot ell l'omplia, ella va estrènyer les parets del seu cony, de manera que un gemec ara en va arribar.

Va començar a bombar la seva polla dins i fora del cony de Susan, conduint més i més amb cada cop.

Ell va continuar copejant el seu cony fent que Susan gemegués cada vegada més fort.

Agafant les cuixes, va colpejar amb més força que mai, grunyint mentre envaïa el cos de Susan amb la seva enorme polla.

Susan va cridar:

"Això se sent tan bé nadó, folla'm més fort".

Ell va colpejar més fort amb la seva polla al cony de Susan, sentint l'acumulació de semen a la base de la seva polla.

Les seves boles colpejant el darrere de Susan amb el moviment d'ell.

Susan va deixar escapar un llarg gemec i va començar a tenir un orgasme salvatge, el seu cony prement la seva polla, de manera que ell també va començar a tenir orgasme.

El semen es va vomitar de la seva polla, el primer raig entrant al cony de Susan.

Però ell es va retirar deixant que la resta ruixés el cos.

Just quan el seu orgasme va començar a disminuir, ell va ficar els dits en el seu cony bombant-los ràpidament, enviant a Susan a l'orgasme novament.

Gimant i movent-se per tota la taula, Susan el va xalar sobre ella i el va besar profundament.

La seva suor i semen es van barrejar pels dos cossos.

Després de relaxar-se tots dos ell va dir:

"Dóna gust ser rebut així".

FI

73